Über das Buch Schon in seinem ersten Gedichtband, der 1965 in New York erschien, stellte sich Joseph Brodsky, damals gerade 25 Jahre alt, als eines der außergewöhnlichsten Talente der zeitgenössischen russischen Lyrik vor. Heute gilt Brodsky als der größte russische Dichter der Gegenwart.
Der vorliegende Band stellt eine Auswahl der 1965 erschienenen Gedichte dar. Schon hier ist Brodskys Stil von seiner genialen Eigenwilligkeit geprägt – in der klassischen Tradition russischer Lyrik verharrend, sprengt er sie gleichsam von innen heraus. Es ist, als nutze er Versmaß und Reim als ästhetische Hürde, die er berücksichtigen, aber zugleich spielerisch überwinden will. So entsteht in Brodskys Lyrik eine faszinierende Spannung von Tradition und Modernität.
Neben Gedichten mit Metrum und Reim enthält dieser Band nichtstrophische Gedichte und auch schon Beispiele der später für Brodsky charakteristischen Gedankenlyrik. Sie alle zeugen von seinem zentralen Interesse an der Gedichtstruktur und seiner virtuosen Handhabung der poetischen Form. Brodskys vielschichtige Lyrik überrascht durch die Modernität der Sprache und der Bilder, durch den präzisen Blick, der die Wirklichkeit verfremdend erhellt, und die ungewöhnliche Metapher: »Der Himmel ist wie ein Vogel über Gräbern,/und wie vor einer Tür, die man abgesperrt hat,/hämmert irgendwer, hämmert Nägel/in die Vergangenheit, Zukunft und Gegenwart.« – Diese frühen Gedichte dokumentieren die Genese eines großen Dichters, der zugleich Erbe und Erneuerer der langen Tradition russischer Lyrik ist.

Der Autor Joseph Brodsky, am 24. Mai 1940 in Leningrad geboren, verließ mit fünfzehn die Schule, lernte mehrere Sprachen, übersetzte und schrieb Lyrik. 1964 wurde Brodsky wegen »Parasitentums« zu fünf Jahren Zwangsarbeit verurteilt. Nach den Interventionen mehrerer Schriftsteller, darunter Anna Achmatowa, Kornej Tschukowskij und Konstantin Paustowskij, sowie heftigen Protesten in der westlichen Presse wurde Brodsky 1965 nach achtzehn Monaten Verbannung frühzeitig entlassen. 1972 wurde Brodsky zur Ausreise gezwungen und ließ sich in den Vereinigten Staaten nieder. Inzwischen unterrichtete er dort an mehreren Universitäten und war als Übersetzer tätig. Er veröffentlichte in russisch und englisch vier Gedichtbände, Essays, Erinnerungstexte und ein Theaterstück. 1987 erhielt er den Nobelpreis für Literatur.
In deutsch liegen zwei weitere Lyrikbände Joseph Brodskys vor: ›Einem alten Architekten in Rom‹ (1986), ›Römische Elegien und andere Gedichte‹ (1985) und ›Erinnerungen an Leningrad‹ (1987).

Joseph Brodsky

Gedichte

Deutsch von
Heinrich Ost und
Alexander Kaempfe

Fischer
Taschenbuch
Verlag

Veröffentlicht im Fischer Taschenbuch Verlag GmbH,
Frankfurt am Main, Dezember 1987

Lizenzausgabe mit freundlicher Genehmigung
des Bechtle Verlags, München

Umschlaggestaltung: Manfred Walch
Satz: Fotosatz Otto Gutfreund, Darmstadt
Druck und Bindung: Clausen & Bosse, Leck
Printed in Germany
ISBN 3-596-29232-8

Gedichte

Definition der Poesie
In memoriam Federico García Lorca

Es gibt eine Legende: vor der Erschießung sah er
die Sonne über den Köpfen der Soldaten aufgehen.
»Und dennoch geht die Sonne auf...«, sagte er.
Vielleicht war das der Anfang eines Gedichts.

Sich Landschaften einprägen
    aus den Zimmern der Frauen,
    aus den Wohnungen der Verwandten,
    aus den Direktionsräumen der Kollegen.
Sich Landschaften einprägen
    hinter den Gräbern der Mitgläubigen.
Sich Landschaften einprägen,
    über die sich langsam der Schnee senkt,
    wenn man uns zur Liebe aufruft.
Sich den Himmel einprägen,
    der auf dem nassen Asphalt liegt,
    wenn man uns an die Liebe zum Nächsten erinnert.
Sich einprägen,
    wie die am Glas abfließenden trüben Regenschlieren
    die Proportionen der Gebäude verzerren,
    wenn man uns erklärt, was wir zu tun haben.
Sich einprägen,
    wie über die wenig wohnliche Erde
    das Kreuz die letzten geraden Arme streckt.
In der Mondnacht
    sich einprägen eines Baumes oder Menschen
    langen Schatten.
In der Mondnacht
    sich einprägen die schweren Wellen des Flusses,
    die wie die Falten abgetragener Hosen glänzen.
        Und wenn der Morgen graut,

sich den weißen Weg einprägen,
    von dem die Wachsoldaten abbiegen,
sich einprägen,
    wie die Sonne aufgeht
    über den fremden Nacken der Soldaten.

Zueignung an Gleb Gorbowskij

Aus der Liebe zu gehn, sonnentags, und nicht
        wiederzukehren,
an den Rasen entlang das Geraschel des Grases zu hören,
Hunde bellen zu hören tief her von den Nestern im Rasen,
durch die Wolke des Tages, am Abend, verschlafen,
        verschlagen.

Das ist schwer. Doch wir müssen die Jahre durchstehen,
        durchleben,
uns mit neuem Leid der älteren Schmerzen erwehren,
wieder Wunden empfangen, in jeder Minute, um Neues uns
        sorgen,
voller Unruhe gehen in den nebligen, brodelnden Morgen.

Dieser Herbst, wie durchstürmt er das Jahr, da ich aufgab
        zu wohnen,
am gebeinweißen Himmel entlang, schwarz und rot, ziehen
        stumm Prozessionen,
immer fliegen die Blätter vorbei an den starrenden Bäumen,
schlagen Glas, schlagen Rasen und Stein – urbanistische
        Träume.

Diese Zeit will ich wartend verharren, überlebend und
        denkend,
noch ein Blick aus dem Fenster, die Hand auf die
        Kniescheibe senken,
weißer Himmel und Laub, transparent wird des
        Abendrots Streifen,
so wie Tochter und Vater, wer geht wem voraus,
        ich begreife.

Blätter fliegen vorbei, taumeln, streifen die Erde,
gespenstern,
wenden sich, treiben, jagen ganz nah an verschlossenen
Fenstern.
Dies und alles, das jetzt im verlöschenden Licht bleibt zu
sehen,
will wie Tochter und Vater, wie Tochter und Vater,
den Tod nicht bestehen.

Lebe auf, lebe fort, nein du kannst nicht, dann lebe wie alle,
o so leb auf der Erde, so leb wie du willst, sogar falle,
doch es naht schon die Zeit, wo sich Leiden und Schmerz
von dir trennen,
Jahr um Jahr ohne mich und der täglichen Liebe
Entbrennen.

Und es endet in Dur, in der Lohe des Fluges, allegro,
gleit am Fenster herab, wie ein Kleid von der Schulter,
als Regen,
als das Zeichen der Umkehr, bleibst du auch noch hier bei
den Dingen,
nicht als herbstliche Schwermut – als Wintererwartung,
nie endendes Singen.

Die Verben

Um mich scharen sich schweigsame Verben,
fremder Leute Köpfen ähnelnde Verben,
hungrige Verben, nackte Verben,
taube Verben, Hauptverben.

Verben ohne Substantive, einfach: Verben,
Verben, die ihr Leben in Kellern verbüßen,
in Kellern reden, in Kellern geboren werden,
unter einigen Stockwerken Optimismus.

Jeden Morgen gehen sie an die Arbeit,
mischen Zement, schleppen Steine herbei,
sie bauen eine Stadt, doch es wird nie eine Stadt sein,
sie bauen ein Denkmal ihrer Einsamkeit.

Sie gehen fort, wie man fortgeht in fremdes Gedächtnis,
von Wort zu Wort gemessen schreitend.
So werden, mit allen ihren drei Tempi,
die Verben einst Golgatha ersteigen.

Der Himmel ist wie ein Vogel über Gräbern,
und wie vor einer Tür, die man abgesperrt hat,
hämmert irgendwer, hämmert Nägel
in die Vergangenheit, Zukunft und Gegenwart.

Niemand wird kommen und sie vom Kreuz abnehmen.
Zum ewigen Rhythmus wird das Schlagen des Hammers.
Unter ihnen liegt die Hyperbel der Erde.
Über ihnen schwimmt der Himmel der Metaphern.

Ein Judenfriedhof bei Leningrad

Ein Judenfriedhof bei Leningrad.
Der Zaun aus faulendem Sperrholz hängt schief.
Hinter dem schiefen Zaun liegen, Grab an Grab,
Männer der Jurisprudenz, des Handels, der Revolution,
der Musik.

Für sich sangen sie. Für sich sparten sie. Für Andere
starben sie.
Doch zuerst zahlten sie Steuern, zogen vor den Behörden
den Hut.
Und in dieser ausweglos materiellen Welt
blieben sie Idealisten, deuteten den Talmud.

Vielleicht sahen sie genau hin. Vielleicht glaubten sie blind
dem Gebot.
Aber sie lehrtne ihre Kinder, in Duldsamkeit zäh zu werden.
Und sie säten kein Brot. Niemals säten sie Brot.
Sie legten sich selber als Körner in die kalte Erde.

Und schliefen auf ewig ein. Man scharrte sie zu,
entzündete Kerzen am Versöhnungsfest,
und hungrige Greise, mit hohem Stimmenflug,
vor Kälte atemlos, flehten um Ruhe für die sterblichen
Überreste.

Und sie fanden Ruhe. Nach dem Gesetz, daß die Materie
zerfällt.
Erinnerten sich an nichts, vergaßen kein Ding.
Hinter dem faulenden Zaun, auf dem Gräberfeld,
vier Kilometer vom Straßenbahnring.

Das Buch

Schickt mir ein Buch mit einem glücklichen Ausgang . . .
Nazim Hikmet

Der Wanderer findet endlich ein Dach.
Der Blonde wird mit dem Halunken fertig.
Der Bauer schaut zu den Bäumen hinüber
und schließt den Stall ab
auf der letzten Seite des Buches
mit dem glücklichen Ausgang.
Die genannten Sternbilder tropfen in die Stille,
an die geschlossenen Fenster, auf die bleiernen Wimpern.
. . . Im ersten Kapitel schmiegen sich
die Bäume schweigend ans Fenster,
und in den Krankenhäusern, im Schlaf, schreien die
Kranken wie Vögel.
Manchmal enden die Romane mitten am Tag.
Der Gelehrte öffnet das Fenster, nachdem er etwas
entdeckt hat.
Jener Wanderer verschwindet hinter dem Hügel,
die übrigen Helden versammeln sich in der Mittagspause.
Die Wirtschaft stabilisiert sich,
der Soziologe läßt seine Zweifel.
Vor eleganten Bars schimmern Limousinen.
Die Kriege sind aus. Die Generation wächst heran.
Und jede Frau kann damit rechnen, daß sie einen Mann
findet.
Die Blondköpfe erläutern den Unterschied von Gut und
Böse.
Alle Bäume am Mittag bedecken den Bauern mit ihrem
Schatten.
Alle Flugzeuge kehren heil auf den Flugplatz zurück.
Alle Schiffskapitäne sehen deutlich das Land.
Dem Halunken, das paßt zu ihm, ist alles danebengegangen.
. . . Wenn in Kapitel eins einer nicht aufhört zu schreien,

so ist das in Kapitel dreißig natürlich nicht mehr zu hören.
Sexuelle Besessenheit und sozialer Optimismus,
gute Motti aus Rondeaus, Sonetten, Kanzonen,
ein Sujet, halb kriminal, genannt Leben.
... Schickt mir dieses Buch mit dem glücklichen Ausgang!

Mit Wehmut und mit Zärtlichkeit
Für A. Gorbunow

Zur Nacht gab's wieder Nudelsuppe, du
Mickiewicz, schobst den Suppentopf beiseite,
das Essen, sagtest du, sei dir egal,
weshalb ich, ohne zu befürchten,
dem Wärter als gefährlich aufzufallen,
dir sehr bald folgte in die Toilette;
dort blieben wir verschwunden bis zum Klingeln.
»Der Februar kommt nach dem Januar.
Und danach kommt der März.« Verschlucktes Lachen.
Das weiße Schimmern blanker Kacheln.
Das Wasser tönte wie Kristall.

Mickiewicz blickte auf die Lampe, lag
mit der Pupille stierend, die nicht sah.
(Vielleicht entdeckte er dort sein Geschick.)
Babanow nahm den Wärter ins Gebet.
Ich hockte unterm fahlen Oberlicht.
Im Rücken krachte das TV-Gerät.
»Schau, Gorbunow, der Schwanz dort, wie geschickt.«
»Das Auge dort.« »Und was sich hier verdickt
über der Flosse.« »Ganz wie ein Geschwür.«
Im Februar, da glotzten wir
durchs Fenster auf das Sternenfischrevier.
Die kahlen Nacken schoben wir zusammen.

An jenem Orte, wo der Boden glitscht,
wo es zum Essen manchmal Bratfisch gibt,
zum Fisch jedoch nicht Messer und nicht Gabel.

Du wirst losgaloppieren

Du wirst losgaloppieren in der Nacht über endlose Hügel,
allein,
vorbei an dem im Dunkeln zu den Dreieckshäusern
davongelaufenen Birkenhain,
an den leeren Schluchten vorbei, über frostiges Gras,
über sandigen Grund,
nur vom Monde beschienen und nichts gewahrend als
einzig den Mond.
Das verwegene Schallen des Hufs über eisharte Hügel,
das trotzt dem Vergleich,
bist nicht du das, dessen Faden dort tief längs der
Schluchten sich schleicht,
tief dort unten im Dunkeln entfernt sich von deinem
Wege ein Bach,
wo dein eilender Schatten raschelt über die Ziegelsteine
am Hang.

Sieh, wie reitet er hin über frostiges Gras, löst sich auf in
der Nacht,
um weit weg aufzutauchen, auf den Hügeln, vom Mond
überwacht,
an den schwarzen Sträuchern vorbei, an den leeren
Schluchten entlang schlägt der Wind ins Gesicht,
spricht mit sich, löst im Hochwald sich auf, aber ist es der
Wind?
An den leeren Schluchten vorbei, an den schwarzen
Sträuchern entlang, Spuren finden sich nicht,
sogar dann wenn du kühn bist und um deine Füße sich
schlängelt das Licht,
bist du niemals so schnell, holst du niemals ihn ein,
holt ihn einer je ein?

Wer dort hingaloppiert, will ich wissen, wer ist das, wer
kann das nur sein?

Also frage ich: wer reitet im finsteren Land,
sein so einsames Antlitz dem Erlkönig zugewandt?
Also wende ich mich, im Namen der Dreieckshäuser,
an die Natur,
frag: wer sprengt dort, von Königin Luna beschienen,
wohl über die Flur?
Doch die Tannengotik der russischen Weiten schluckt die
Antwort, bescheidet mich nicht,
aus den offenen Fenstern tönt herrlicher Flügel,
verbreitet sich Licht,
irgendwer galoppiert in den Hügeln, beinahe am Himmel,
vom Monde bestrahlt,
über reifstarres Gras, durch die düsteren Sträucher. Es naht
sich der Wald.

Zwischen niedrigen Sträuchern blinkt auf der
Pferdesmaragd,
wer dort steht auf den Knien an den Biberwehren in
finsterer Nacht,
wer dort blickt, im schwarzen Wasser gespiegelt,
hernieder auf sich,
der ist heimgekehrt: jener Eine, der ruhelos ritt.
Nein, denk nicht, das Leben sei ein geschlossener
Märchenkreis,
denn die zahllosen Hügel sind die Kruppen von Stuten
im Schweiß,
hoch auf denen des nachts, wenn die Gegenden schlafen,
der Mond sanft erglüht,
wir im Einschlafen oder im Schlaf galoppieren gen Süd.

Also wend ich mich an die Natur: das sind Reiter,
die nichts mehr hält,
die neu ihre Welt sich erschaffen nach dem Ebenbild
deiner Welt,
von den Biberwehren, von den Feuern im öden Land
bis hin zu den großen Staudämmen, bis zur lautlosen Schar
der Laternen am Rand der Stadt.
Wie auch immer: Heimkehr, wie auch immer,
in der Balladen drängendem Schritt,
gibt es einen Anlauf, ein leidvolles Zurück.
Sogar dann wenn der Schöpfer auf seinen heiligen Bildern
nicht lebt und nicht schläft,
wird der Tannendom plötzlich durch etwas wie Blinken
von Hufen belebt.

Du mein Wasser und Wald, wer umfährt dich, wer dringt
in dich ein,
wer spricht klar, wer verspricht sich, wer spricht an den
Dingen vorbei,
wer steht abseits, wessen Hände bilden ein Dach,
wer liegt einsam im Dunkeln auf dem Rücken im eisigen
Bach.
Dringe ein in die Dinge oder halte dich fern,
denn das Leben nicht, sondern irgendein anderer Schmerz
schmiegt sich an, und schon hörst du nicht mehr, wie der
Frühling vergeht ins Jahr,
nur die Wipfel im Dunkeln schwingen unaufhörlich,
wie das Pendel des Schlafs.

Der Gärtner amseljackig stieg

Der Gärtner amseljackig stieg
die Leiter hoch in das Gezweig,
so daß sich eine Brücke biegt
vom Vogelsein zum Menschenreich.

Doch statt des Zwitscherns plötzlich drang
durch meinen ausgestreckten Leib
ein höchst bemerkenswerter Klang:
wie Messer sich an Messer reibt.

Darin besteht der tiefe Riß,
der Sapiens und Vogel trennt
(nicht kleiner als in Gang und Blick),
daß, scherenöffnend schnabeleng,

im Winter hoch auf einem Baum
wir statt zu singen quietschen schier.
So ist das mit dem Unterschied
zum Vogel, diesem tumben Tier.

Multiplizierend kurzes Sein
mit Nest und Selbstvergessenheit,
fällt uns, so denke ich, schon ein,
wo unser Platz auf Erden sei.

Das Denkmal

Errichten wir ein Denkmal
am Ende einer langen Straße
oder mitten auf einem weitläufigen Platz,
ein Denkmal,
das sich in jedes Areal einfügt,
denn es wird
ein wenig konstruktiv und sehr realistisch sein.
Errichten wir ein Denkmal,
das keinem im Weg ist.

Um den Fuß des Sockels
entwerfen wir ein Beet
und, wenn die Stadtväter nichts dagegen haben,
eine kleine Grünanlage.
Dort blinzeln dann unsere Kinder
gegen die dicke
dunkelgelbe Sonne
und halten den Mann auf dem Sockel
für einen prominenten Denker,
Komponisten
oder General.

Am Fuße des Sockels, dafür stehe ich gerade,
liegt jeden Morgen ein Strauß frischer Blumen.
Errichten wir ein Denkmal,
das keinem im Weg ist.
Sogar die Chauffeure
werden sich an seiner Silhouette aufrichten.
In der Grünanlage
finden Rendezvous' statt.
Errichten wir ein Denkmal,

an dem vorbei wir zur Arbeit eilen,
neben dem sich die Ausländer photographieren lassen.
Nachts strahlen wir es mit Scheinwerfern an.

Errichten wir ein Denkmal der Lüge.

Die Hügel

Gern saßen die zwei auf dem Hügel,
saßen und schauten hinaus.
Sie sahen auf Höfe mit Hühnern,
auf das Zuchthaus, das Gotteshaus.
Vom Hügel her sahen die beiden
den grün überwachsenen Teich.
Die Sandalen im Sand beiseite:
so saßen sie zu zweit.

Die Hände um ihre Knie,
blickten sie in die Höhe.
Die Krüppel unten am Kino
winkten dem LKW.
Am Hang blinkte matt eine Büchse
neben dem Ziegelstein.
Um des Bankhauses rote Spitze
schrieen die Krähen im Kreis.

Autos fuhr'n über drei Brücken
ins Zentrum zum Badehaus.
Schrill tönte die Kirchenglocke,
der Elektriker wurde getraut.
Doch hier auf dem Hügel die beiden
erfrischte der Wind ringsum.
Kein Hupen, kein Schreien, kein Pfeifen.
Eine Mücke nur hat gesummt.

Dort wo sie immer gesessen,
da war das Gras zerdrückt.
Überall ließ ihr Essen
schwarze Flecken zurück.

Die Kühe mit ihrer Zunge
leckten die Stellen blank.
Das wußte längst jeder Junge.
Nur sie dachten nicht daran.

Stummeln, Gabel und Asche
waren bedeckt vom Sand.
Schwarz blinkte fern eine Flasche,
geschleudert von Fuß oder Hand.
Kaum hörten sie das Muhen,
da stiegen sie hinab.
Sie trennten sich wortlos, ruhig:
wie sie gesessen im Gras.

Sie stiegen hinunter die Hänge,
es geschah, daß man seitwärts wich.
Bald wurde das Buschwerk enger,
bald wurde es wieder licht.
Die Schuhe rutschten im Grase.
Wasser glitzerte zwischen Gestein.
Der eine war schon am Pfade,
der andere war am Teich.

Es trieben zwei Hochzeitsfeiern
(zwei oder drei) ihren Spaß.
Ein Dutzend Hemden und Kleider
flimmerte unten im Gras.
Schon lockte die Sonne die Herden
sich rötender Wolken an.
Der Dampf stieg auf von der Erde.
Die Glocke klang und klang.

Der eine stolperte keuchend,
der andere blies Rauch.
Ein jeder stieg zu den Leuten
hinunter von Strauch zu Strauch.
Man schied nach verschiedenen Seiten,
der Raum zwischen ihnen wuchs.
Da durchschlug die Luft gleichzeitig
ein entsetzlicher Ruf.

Auf klafften weit die Sträucher,
die Sträucher klafften starr.
Als wachten sie auf aus Träumen,
als hätte ein Alp sie genarrt.
Die Sträucher klafften heulend,
die Erde tat sich auf.
Vor jeden stellten sich zweie
mit Eisen in der Faust.

Einer kam durch das Beil zu Tode,
Blut floß übers Zifferblatt.
Auch der andere stürzte zu Boden,
er starb von selbst am Infarkt.
die Mörder versenkten die Leichen
(mit Händen, blutüberströmt).
Im Teiche sanken die beiden
und hatten ein Wiedersehen.

Noch dängten die Bräutigame
zu ihren Plätzen am Tisch,
da gaben die Hirtenknaben
von der furchtbaren Tat Bericht.

Die lockeren Wolkenzüge
glänzten im Abendrot.
In den Sträuchern standen die Kühe
und leckten gierig das Blut.

Der Elektriker und sein Schwager
keuchten den Hügel empor.
Die Braut stand unwirsch und hager
allein im Blumenflor.
Eine taumelnde alte Vettel
verwünschte den Bräutigam.
Und alle die trunkenen Gäste
rasten den Hügel hinan.

Äste knackten unter den Füßen,
sie rasten fiebrig und bleich.
In den Sträuchern muhten die Kühe
und liefen hinunter zum Teich.
Da plötzlich sahn alle deutlich
(die Hitze ringsum war groß):
Schwarz höhlte die Wasserkräuter,
wie ein Tor ins Dunkel, ein Loch.

Wer holt sie wieder nach oben,
wer holt sie vom Grund herauf?
Der Tod ist das Wasser da droben,
das Wasser ist in ihrem Bauch.
Der Tod ist in jedem Worte,
im Schößling, in Dotter und Brot.
Er ist im geleckten Blute,
in jeder Kuh ist der Tod.

Der Tod ist in Jagen und Fangen
(als finge man Diebe ein).
Fortan wird von roter Farbe
die Milch dieser Kühe sein.
Im roten, roten Wagen
vom roten Schienenstrang,
in der roten, roten Kanne
wird sie roten Kindern zum Trank.

Der Tod ist in Blicken und Stimmen.
Mit Tod ist der Kragen gespickt.
So wird die Stadt für sie sühnen:
Tod ist ein zu schweres Geschick.
Man müßte sie heben, aufheben.
Wie bringt man die Schwermut ins Lot?
Ist am Hochzeitstag Mord geschehen,
wird die Milch aller Kühe rot.

Der Tod: das ist nicht jener Bursche,
der mit langer Sense geht.
Der Tod: das ist das Buschwerk,
in dem wir alle stehn.
Der Tod ist nicht Grab, nicht Träne,
der Tod ist kein schwarzes Band.
Der Tod ist der Schrei der Krähe,
der Tod ist die rote Bank.

Der Tod: das sind alle Maschinen,
Gefängnis und Gartenland.
Der Tod: das sind alle Männer,
ihre Schlipse baumeln lang.

Das sind die Scheiben im Stalle,
in der Kirche, im Badehaus.
Der Tod: das sind sie alle,
denn sie kommen nicht darauf.

Der Tod: das sind unsere Kräfte,
unsere Werke und unser Schweiß.
Der Tod: das sind unsere Sehnen,
unser Innerstes, unser Leib.
Nie gehen wir mehr auf den Hügel.
In unseren Häusern brennt Licht.
Nicht, daß wir sie nicht sehen:
die Lebenden sehen uns nicht.

Rosen, Phlox, Hyazinthen,
Päonien, Immergrün,
auf ihren schrecklichen Zinksarg
Rosen und Amaryll,
Lilien wie aus Basma,
ihr Duft ist würzig und rauh,
Orchideen, Levkojen, Astern,
Rosen und Löwenmaul.

Ich bitte, tragt sie zum Ufer,
vertraut sie den Himmeln an.
Dem Flusse gebt sie, dem Flusse,
der wird sie tragen zum Wald.
Zu den schwarzen Bäumen und Strünken,
wo die dunklen Waldhäuser sind,
zu den toten Polessjesümpfen,
zu den baltischen Hügeln hin.

Die Hügel: das sind unsere Jahre,
wir jagen sie unerkannt.
Die Hügel: das sind hundert Straßen,
das ist der Stein und der Sand.
Das ist der Stolz und die Lüge,
das ist der Erde Rand.
Je höher man steigt auf die Hügel,
desto mehr Hügel sieht man im Land.

Die Hügel: das sind unsere Leiden,
unser Unglück und unser Glück.
Das ist unser Schluchzen und Schreien,
die Hügel sind unser Geschick.
Sie sind das Licht und die Schmerzen,
die Schwermut, die Angst, die Pein,
unsere Träume und leeren Herzen,
all das ist in ihrem Gesträuch.

Die Hügel, die Hügel erheben
Anspruch auf unser Leid.
Noch im Finstern sind sie zu sehen,
ihre Spitzen ragen weit.
Heute und eh und je
gehn wir am Abhang, vorüber.
Der Tod: das sind nur die Ebenen.
Das Leben sind: Hügel, Hügel.

Für G. P.

Wir leben jetzt zusammen an der Küste,
die Wolken ziehen hoch am Sommerhimmel,
der zeitgenössische Vesuv wird tätig,
der feine Staub dringt ein in alle Häuser,
kein Fenster in den Häusern, das nicht bebt.
Auch über uns wird einst die Asche kommen.
Drum möchte ich an diesem armen Tag
per Trambahn an die Küste zu dir fahren,
in unser Haus

und wenn nach tausend Jahren
Ausgräber dieses Viertel offenlegen,
so möchte ich, daß mich, von dir umarmt,
als einen Teil von dir, man wiederfindet,
erstarrt in toter Asche und Geröll.

Erinnerungen

Der weiße Himmel beginnt sich zu drehen.
Die graue Erde poltert unter den Schuhen.
Links Bäume. Rechts kann man Gewässer sehen.
Aus Stein und aus Holz sind ihre Ufer.

Ich ziehe, reiße aus dem Sumpf meine Füße.
Mit mageren Strahlen bescheint mich die Sonne.
Wir schreiben jetzt Feldsaison achtundfünfzig.
Erkennst du sie wieder? So hat es begonnen.

Dobrowolskij lebt noch, flanierend, grüßend.
Vom daktylischen Reim verstehe ich wenig.
Wir schreiben Feldsaison achtundfünfzig.
Ich bin unterwegs zum Weißen Meere.

Die Flüsse fließen nach Norden. Die Freunde durchwaten die Furten.
Die weiße Nacht über ihnen schimmert perlmuttern.
Ich suche. Ich mache aus mir einen Menschen.
So treten wir hinaus ans Meeresufer.

Schon erreicht uns der bläuliche Seewind.
Wir stehen am Meere. Die Erde wird Wasser.
Ich lasse die Arme sinken, ich sehe.
Und das Meer kommt zu mir mit seiner weißen Farbe.

Der Frühling bricht an
Für Dmitrij Bobyschew

Die berüchtigte Nadel im nicht minder berühmten
Schober,
im Halblicht der Stadt, im halben Dunkel,
im Lärmen der Stadt, im Plätschern, im Tosen
ein dünnes Liedchen des Todes.

Das Flutlicht der Straßen, das Flutlicht der Straßen
wird uns stets diese Stadt, dieses Wasser zeichnen,
und das kurze Pfeifen an den schmalen Fassaden,
das nach oben fliegt, hinaus in die Freiheit.

Das Mädchen Erinnerung streunt durch die Stadt,
Münzen klingeln in ihrer Hand,
die toten Blätter torkeln wie Rubel und kippen,
über den Reklameschildern fliegen schmale Flugzeuge
himmelan,
wie die Vögel der Stadt über eisernen Schiffen.

Gewaltiger Regen ergießt sich über den März, der Regen
der Ausfallstraßen,
wie in jenen Tagen der Rückkehr, die wir niemals vergessen.
Jetzt gehst du allein, gehst allein über das Pflaster,
und dir entgegen fliegen glitzernde Autodächer.

So geht das Leben vorbei, das Licht über der Bucht wird
zager,
kleiderraschelnd, vielnamig, mit den Absätzen trippelnd,
und du bleibst mit diesem Volk, mit dieser Stadt,
diesen Jahren,
ja, Auge in Auge, wer du sein magst immer.

Das Mädchen Erinnerung streunt durch die Stadt,
der Tag geht unter,
das Tuch ist zum Auswringen, es strömt der Regen,
das Mädchen Erinnerung betrachtet im Schaufenster
die Wäsche des Jahrhunderts,
und schrill pfeift diese ewige Melodie inmitten des Lebens.

Die Nächte im Juli sind mild und geheim

Die Nächte im Juli sind mild und geheim.
Es fliegen die Mücken zum Fenster herein.
Das Radio spielt auf der hölzernen Bank,
und Gillespie schlenkert zum Tische heran.

Von Melancholie bis zum flammenden Zorn,
vom ersten Geräusch bis zum jubelnden Horn,
vom Liebesgedicht bis zum feindlichen Blick
sind's hier auf der herrlichen Welt nur zwei Schritt.

Was soll mir mein Leben? Ich leb ohne Furcht.
Es zieht mich die Schwerkraft, ich laß es mir durch.
Die Leute: sie reden. Gerücht ist Gesetz.
Mein Feind soll nur lachen. Ich lächle zuletzt.

An jeglichem Dorfrand, in Feld und in Wald,
auf jeglicher Treppe, an jeglicher Wand
erscheint schwarz und flachsen sehr bald schon mein Geist:
zwei Antlitze seltsam in einem vereint.

Und nach meinem Tode, nicht lange darauf,
und sei es auch nur wie verwehender Staub,
als wär ich des Abends am Schreibtisch erwacht,
berühr ich als Staubkorn dich Feder, dich Nacht.

Der Garten

Wie leer und stumm du bist, wie transparent!
Wie schemenhaft regiert der Herbst den Garten,
wo langsam Blätter sinken erdenwärts,
geschaukelt in der Schwerkraft des Zerfallens.

Wie stumm du bist! Wird etwa dein Geschick
von meinem Mißgeschick herausgefordert;
der Früchte, die dich ließen, Dröhnen klingt
es dir nicht wie Geläute schwerer Glocken?

Du großer Garten! Meinen Worten schenk
der Stämme Kreisen, deiner Wahrheit Kreisen,
wo ich durch das gebogene Geäst
einging ins Laub, ein in die Nacht des Keimens.

Wie harren bis zum nächsten Frühling aus
die kahlen Bäume, meine arme Seele?
All deine Früchte brachte man hinaus,
nur eines ist noch wirklich: deine Leere.

Nein, fahren, fahren! Sollen weit, weit weg
mich riesengroße D-Zugwagen bringen.
Mein Weg auf Erden hier, dein Himmelsweg:
wie sie sich gleichen, wie sie sich verschlingen.

Lebwohl! Für lange Zeit? Für alle Zeit.
Bewahr in dir des Tagesanbruchs Stille,
du großer Garten, der die Jahre streut
auf des Poeten bittere Idylle.

Fische im Winter

Die Fische leben im Winter.
Sie kauen Sauerstoff.
Die Fische schwimmen im Winter
und berühren das Eis mit dem Kopf.

Dorthin wo es tief ist, zum Meere.
Fische. Fische. Fische.
Im Winter schwimmen die Fische.
Die Fische wollen entwischen.

Sie schwimmen ohne Licht.
Die Sonne scheint kalt und schräg.
Sie schwimmen dem Tod davon
auf der Fische ewigem Weg.

Ein Fisch vergießt keine Tränen.
Den Kopf an das Eis gestützt,
friert im kalten Wasser
mit den kalten Augen der Fisch.

Fische sind immer verschwiegen,
denn sie können nicht sprechen.
Ein Gedicht über sie gleicht dem Fisch.
Es bleibt im Halse stecken.

Wehklage
(Aus dem Poem »Die Prozession«)

Hast und Zittern herrscht in Petersburg,
auf die Gassen prallt die Regenflut,
flußhinauf und flußhinunter strömt
vieler Glocken hallendes Gedröhn.

Jedermann wird tränenreich beklagt,
aus den Augenhöhlen stürzt die Stadt,
durch Alleen fliegen mit dem Wind
die Laternenmonde wild zerknüllt.

Das ist lautes Schreien nach dem Glück,
jedermann beklagt hier sein Geschick,
das ist Weinen, Schluchzen ohne Wort,
Totenglocken läuten immerfort.

Tod und Leben, Glockenschall und Schrei,
viele Messen für das Seelenheil,
wie die Bäume an des Toten Haupt
sprießen allerletzte Lieder auf.

Weißes schlingerndes Begräbnisschiff,
Freunde haben es für dich geschmückt,
viele Stimmen singen den Choral:
Charons Taxe für die Überfahrt.

Das ist Hämmern auf den frischen Sarg,
das ist allerneuester Trommelschlag,
Saxophone hinter der Newa,
Deo in excelsis Gloria.

Mit der Tröstung ist es nicht weit her.
Eben darum stirbt es sich so schwer,
mit dem Rücken auf dem weißen Sand,
in dem hellen abendlichen Land.

Weil das Leben nie ein Ende hat,
weil, wie oft du immer rufen magst,
du zu Häupten dir ein Antlitz siehst.
Keine Liebe ist in dem Gesicht.

Große Elegie an John Donne

John Donne ist eingeschlafen. Alles schläft.
Gemächer, Betten, Wände, Bilder schlafen,
Tisch, Teppich, Schlösser schlafen, Tür, Büfett,
Gardinen, Riegel, Kerzen, Mantelhaken.

Nichts, das nicht schliefe: Schüssel, Flasche, Uhr,
Brot, Messer, Porzellan, kristallene Schalen,
Glas, Nachtlicht, Linnen, Wäscheschrank, der Flur,
die Treppenstufen, Türen. Nacht in allem.

Nacht überall: in Ecken, Augen, Rock,
im Schreibtischfach, in Rechnungen, Papieren,
in Predigt, Kohlenzange, Kohle, Holz,
im schwelenden Kamin, in allen Dingen.

Im Wams, im Gürtel, in den Strümpfen, Schuhn,
im Betstuhl, hinterm Spiegel, in den Laken,
in Schüsseln, Flaschen, Kruzifixen, Truhn,
Pantoffeln, Besen. Alles liegt im Schlafe.

Im Schlaf liegt alles: Fenstersims und Schnee.
Das Nachbardach schläft fest, geschrägt zum Firste.
Die Straße schläft, das ganze Viertel schläft,
vom Fensterrahmen tödlich eingeschnitten.

Arkaden schlafen, Mauern, Säulenknauf,
Steinpflaster, Gehsteigbretter, Beete, Gitter.
Es quietscht kein Wagenrad, kein Licht scheint auf.
Umzäunung, Kette, Pflock, Fassaden schimmern.

Türklopfer, Türen, Klinken ruhn im Schlaf,
die Schlösser, Riegel, Schlüssel, Absperrhaken.
Kein Flüstern, Rascheln, Klopfen. Keiner wacht.
Es knirscht der Schnee. Es wird so bald nicht tagen.

Gefängnisse und Prunkpaläste ruhn.
Es schläft das Metzgerbeil, die Krämerwaage.
Es schlafen Haus und Hof und Kettenhund.
Die Katzen schlafen. Ihre Ohren ragen.

Mäuse und Menschen schlafen. London schläft.
Es schläft das Segelschiff. Schneewasser schlingert,
reibt sich am Rumpfe, reibt sich, treibt hinweg,
um mit dem Winterhimmel zu verschwimmen.

John Donne ist eingeschlafen. Und das Meer.
Der Kreidefelsen schläft, der Segelhafen.
Die Insel schläft, von einem Schlaf umhegt.
Dreifach verriegelt sind Gehöft und Garten.

Die Ulmen, Tannen, Kiefern: alles schläft.
Es schlafen Pfade, Bäche, Bergeshänge.
Der Fuchs, der Wolf. Der Bär ging auch zu Bett.
Der Schnee verweht die dunklen Höhlengänge.

Die Vögel schlafen alle. Keiner singt.
Die Eule lacht nicht. Keine Krähen schreien.
Nacht ist. Das englische Gefild ist still.
Es blinkt ein kleiner Stern. Die Maus geht beichten.

Nichts, das nicht schliefe. In den Särgen ruhn
die Toten still. In ihren Betten schlafen
die Lebenden in Hemden aus Kattun.
Sie schlafen. Einzeln oder beieinander.

Im Schlaf liegt alles: Wald, Gebirg und Bach.
Es schlafen Vögel, Tiere, Steine, Bäume.
Es schneit und schneit vom Himmel in der Nacht.
Dort aber schläft man auch, zu aller Häupten.

Es schläft der Engel Heer. Die Welt ruht tief
im Schlaf der Heiligen: daß sie sich schämen.
Die Hölle schläft. Es schläft das Paradies.
Kein Mensch wird jetzt noch auf die Straße gehen.

Gottvater schläft. Die Erde ist ihm fremd.
Von ihm kommt keine Gnade, keine Strafe.
Der Teufel schnarcht in seinem Panzerhemd.
In England ist die Feindschaft eingeschlafen.

Es schlafen Reiter, Engel, Sakristan.
Die Pferde schnauben, schaukeln sacht im Schlafe.
Die Cherubime schlafen Mann an Mann
und hüten die Sankt Paulus Kathedrale.

John Donne ist eingeschlafen. Und sein Vers.
Es schlafen Reime, Bilder, starke, schwache.
Die Laster haben sich in sich gekehrt.
Die Sünden liegen im skandierten Schlafe.

Kommt sich ein Vers auch wie ein Bruder vor,
zum Bruder flüsternd: rücke um ein kleines,
ist jeder doch gleich fern vom Himmelstor.
So arm, so dicht, so rein. Summiert zur Einheit.

Die Zeile schläft. Der Jambus wölbt sich hoch.
Links, rechts, wie Wächter schlafen die Trochäen.
In ihnen schläft das Bild des Lethestroms.
Dahinter schläft noch dies: des Dichters Lorbeer.

Das Unglück schläft, der Schmerz, die Not, das Leid.
Die Laster schlafen. Gut und Böse schlummern.
Auch die Propheten schlafen. Schnee fällt weiß
und sucht im Raum nach kleinen schwarzen Punkten.

Im Schlaf liegt alles. Pult. Bibliothek.
Eis des Vergessens deckt den Fluß der Sprache.
Die Rede mit der vielen Wahrheit schläft.
Die Perioden klirren leis im Schlafe.

Die Heiligen schlafen. Die Dämonen. Gott.
Des Teufels Diener. Gottes Freunde, Kinder.
Der Schnee nur rieselt leis auf Zaun und Pflock.
Sonst ist kein Laut mehr auf der Welt zu finden.

*

Doch da! Du hörst es? In der kalten Nacht
weint einer, flüstert, von der Angst durchdrungen.
Ist einer ganz in Winters Bann und Acht.
Und weint und weint. Wer ist das? Dort im Dunkeln.

Der Laut ist dünn, wie eine Nadel schmal.
Der Faden aber fehlt... So einsam schwimmend
treibt er im Schnee. Nacht, Kälte überall...
Näht Nacht und Tag ineins... So hoch am Himmel.

»Wer schluchzt, wer weint? Bist du es, Engel mein,
der Rückkehr harrend meiner heißen Liebe?
Durch tiefe Finsternisse gehst du heim.
Schreist du dort, Engel, daß die Nacht zerstiebe?«

»Seid ihr es, Cherubime? Wie ein Chor,
ein Trauerchor klingt mir ins Ohr dies Weinen.
Wollt ihr jetzt etwa meines Schlafes Dom
im Chor verlassen?« Doch die Engel schweigen.

»Bist du es, Paul, wenn deine Stimme auch
sich sehr vergröbert hat durch rauhe Reden?
Bist du's, dein graues Haupt in Nacht getaucht?
Bist du's, der weint?« Nur Stille fliegt entgegen.

»Hat jene Hand im Dunkel meinen Blick
verstellt, die stumm regiert im Schneegewimmel?
Bist Du es, Herr? Mein Sinnen scheint verrückt,
doch weint hier eine gar zu hohe Stimme.«

Rings Schweigen. »Stießest, Gabriel, du laut
in die Posaune? Hör ich Hunde bellen?
Nur ich allein mach meine Augen auf.
Die Boten schwingen sich in ihre Sättel.«

»Die Welt schläft fest, umarmt von Dunkelheit.
Die Reiter nahen schon am Himmelssaume.
Bist du es, Gabriel, zur Winterszeit,
der einsam nachts hier schluchzt mit der Posaune?«

*

»Nein, ich bin's, deine Seele ist's, John Donne.
Ich trauere allein am hohen Himmel.
Ich werde meiner Werke hier nicht froh.
Sie lasten: die Gedanken, die Gefühle.«

»Du, als du hoch mit dieser Bürde flogst,
ganz hoch hinauf aus Sünden, Leidenschaften,
du wurdest Vogel, und du sahst dein Volk,
du flogst hinauf, hinauf am schrägen Dache.«

»Du sahst die Meere, sahst der Welt Gebiet.
Die Hölle sahst du: erst in dir, dann wirklich.
Genauso klar sahst du das Paradies.
Der Lüste traurigste hielt es umzingelt.«

»Du sahst das Leben. Deiner Insel gleich.
Du bist dem großen Ozean begegnet.
Geheul und Nacht umbrauste jenes Reich.
Du flogst um Gott herum – und heim nach England.«

»Doch diese Bürde läßt dich nicht hinauf,
von wo die Welt ein Urwald ist von Türmen,
ein Netz von Flüssen. Beim Hinunterschaun
erscheint dies Jammertal kaum noch zum Fürchten.«

»In jenem Land regt sich das Klima nicht:
wie eines Kranken lange Atempause.
Der Herrgott ist von dort ein schwaches Licht
in dichter Nebelnacht im fernsten Hause.«

»Dort gibt es Äcker. Doch sie liegen brach.
Nach zehn, nach hundert und nach tausend Jahren.
Nur Wälder, Wälder halten dort die Wacht,
und Regen tanzt im schulterhohen Grase.«

»Der erste Holzknecht, dessen dürres Pferd
hierher verschlagen wurde durch das Dickicht,
wird hoch vom Baume plötzlich Lichter sehn
in seinem Heimattal, die fernher blinken.«

»Fern, fern ist alles. Unscharf ist dies Land.
Der Blick streicht über Dächer, über Föhren.
Hier ist es hell. Kein Laut. Kein Hund schlägt an.
Die Kirchenglocken kann man hier nicht hören.«

»Und er begreift: die Welt ist fern. Er strafft
die Zügel, reitet in die großen Wälder.
Und alles: Zügel, Schlitten, Pferd und Nacht
verwandelt sich in biblische Legende.«

*

»So weine, wein ich denn, seh keinen Weg.
Zwar ist die Rückkehr mir dorthin beschieden.
Doch nicht in Fleisch und Blut, doch nicht als Mensch.
Als Tote nur darf ich die Welt erfliegen.«

»Ja, ja, allein. Welt, ich vergesse dich,
vergesse dich auf ewig in der Erde.
Mir bleibt der Wunsch, der qualvoll nur verspricht.
Mit meinem Fleisch vernähe ich die Trennung.«

»Dieweil mein Weinen deinen Schlummer stört,
fliegt in die Finsternis, schräg und gerade,
der unsere Trennung hier vernäht: der Schnee.
Und hin und her beschleunigt sich die Nadel.«

»Nicht ich: du selber liegst und weinst, John Donne.
Es schlafen Hausrat, Garten, Tiere, Engel,
dieweil der Schnee auf deine Heimstatt flockt,
dieweil der Schnee vom Himmel fällt und pendelt.«

*

Ein Ebenbild der Vögel, schlummert er
in seinem Neste. Seine reinen Wege
sind gut bewacht. Es waltet jener Stern,
den Winterwolken jetzt noch dicht umgeben.

Ein Ebenbild der Vögel. Rein und stet
ist seine Seele. Und die Weltmannsgeste
ist, sündig zwar, so richtig wie das Nest
der Krähe über leeren Starenkästen.

Am Morgen wird er mit den Vögeln wach.
Jetzt liegt er unter seiner weißen Decke.
Indessen wird gewebt aus Schnee und Schlaf
die Spanne zwischen Schläfers Leib und Seele.

Alles schläft fest. Aufs Ende warten zwei,
drei Verse, käuen ihre Weisheit wieder,
daß Eros nur die Pflicht des Sängers sei,
Agape aber nur das Fleisch des Priesters.

Auf welches Rad das Wasser immer fällt,
es mahlt doch stets das Korn zu Mehl und Kleie.
Sind wir im Leben manchmal auch gesellt:
im Tode sind wir ganz bestimmt alleine.

Ein Loch ist im Gewebe. Wem's gefällt,
der reißt daran, geht fort, kommt, zerrt am Faden.
Und noch einmal. Und nur das Firmament
nimmt manchmal in der Nacht des Schneiders Nadel.

Schlaf, schlaf, John Donne, schlaf ein und quäl dich nicht.
Der Rock hängt schlaff und löchrig auf dem Bügel.
Die Zeit ist um. Durch diese Wolke blickt
schon bald der Stern: der Hüter deines Friedens.

Dem lieben D. B.

Da singt ihr zu zweit von eurem mißlungenen Bunde,
ein jeder zu seiner Muse gewandt mit breit lächelndem
Munde.
Die Pappeln und Brunnen bewegen voll Mitleid die Hände.
Die Leiern beben an gegenüberliegenden Wänden.

Für mich ist das alles interessant und sehr heikel.
Damit ich in einsamer Schwermut nicht plötzlich weine,
erheb ich die Augen zum jungen Himmel hinter der
Scheibe,
auf euerem Sofa vernehm ich die traurige Weise.

Es springen die Faune und Nymphen im Strahl der
Fontäne.
Die Heiligen flehn, ihre Heiligenscheine zu nehmen.
Musik aus zwei goldenen Leiern durchzieht das Gebäude,
sie tönt ineinander, sie kündet von eueren Leiden.

Die Welt wird an eurem Hader nicht untergehen,
doch das arme Leben wird eure arme Liebe nicht
überhöhen.
Mich dünkt euer Schmerz ein Elfenbeinturm zu Babel:
es schwindet die alte, es wächst eine neue Fabel.

Die Wahrheit aus diesen Mündern ist mit nichts zu
vergleichen.
Noch lauter, noch lauter schlagen sie mit den Fingern
die Saiten.
Durchs beinerne Fenster entflogen sind seine und ihre
Qualen,
nach allen Regeln des Klanges: zum Himmel, zum Hades.

Beim Bau unserer Welt entwerfen wir Mauern und Gräben.
So muß man den Abstand zwischen euch beiden verstehen,
den ihr um des Bundes willen beginnt zu zerstören.
Ihr steht an der Mauer. Ihr seht euch einander gehören.

In memoriam Fedja Dobrowolskij

Wir fahren fort zu leben.
Wir lesen oder schreiben Gedichte.
Wir sehen uns schöne Frauen an,
die aller Welt zulächeln
vom Titelblatt der Illustrierten.
Auf dem langen Heimweg durch die Stadt,
frierend, in der rumpelnden Straßenbahn,
denken wir über die Freunde nach.
Wir fahren fort zu leben.
Manchmal sehen wir Bäume,
die mit schwarzen entblößten Armen
die Last des Himmels tragen
oder unter der Last des Himmels zusammenbrechen,
der nachts aussieht wie die Erde.
Wir sehen Bäume
ausgestreckt am Boden liegen.
Wir fahren fort zu leben.
Wir, mit denen du lange
über moderne Malerei sprachst
oder auf dem Newskij Bier trankst,
denken nur selten an dich.
Wir tun uns dann selber leid,
unsere krummen Rücken,
unser stark mitgenommenes Herz,
das sich schon im dritten Stockwerk
unangenehm bemerkbar macht.
Eines Tages
wird ihm – dem Herzen –
etwas zustoßen.
Dann wird sich einer von uns,
achttausend Kilometer westlich von dir,

auf dem schmutzigen Asphalt hinstrecken,
seine Bücher gleiten ihm aus der Hand,
und das letzte, was er sieht,
sind beunruhigte Dutzendgesichter,
ein Stück Hauswand,
ein an Drähten hängender Fetzen Himmel:
Himmel, der sich auf die gleichen Bäume stützt,
die wir manchmal wahrnehmen.

Inhalt